ANDRÉ BON
Administrateur des Services Civils
Secrétaire Municipal à Dalat.

PETIT GUIDE ILLUSTRÉ

DE

DALAT

INDOCHINE FRANÇAISE

1930

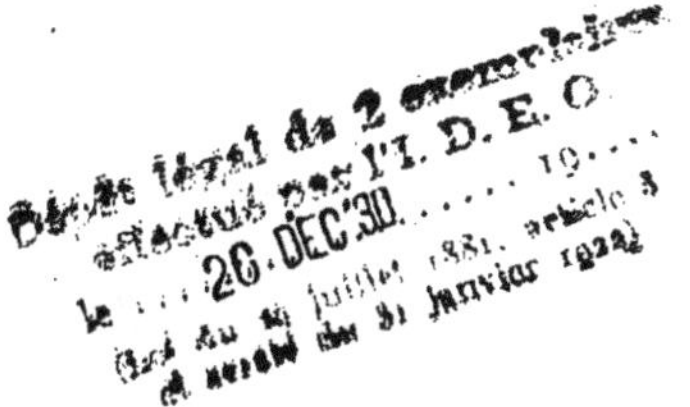

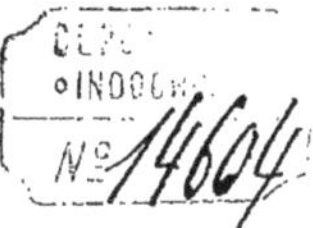
N° 14604

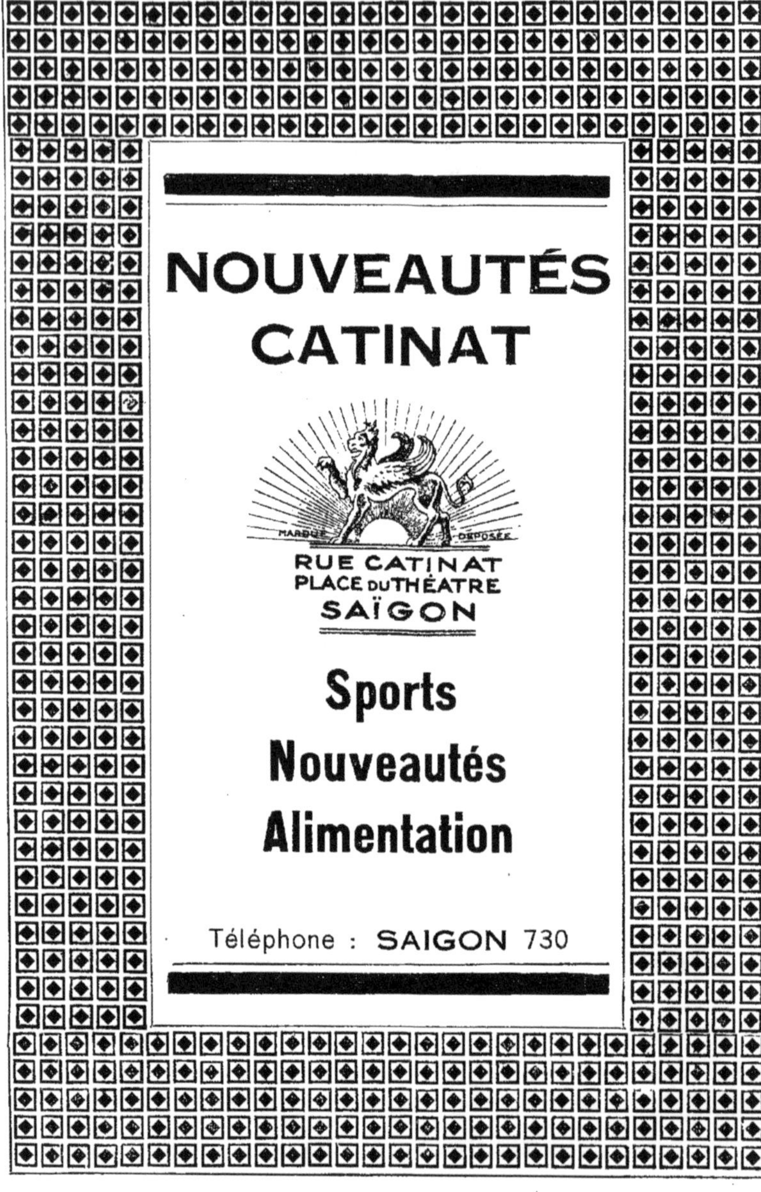
NOUVEAUTÉS
CATINAT
MARQUE DÉPOSÉE
RUE CATINAT
PLACE DU THÉATRE
SAÏGON
Sports
Nouveautés
Alimentation
Téléphone : SAIGON 730

Société Anonyme des Garages d'Annam

SAGA

RÉPARATIONS - LOCATIONS - TRANSPORTS - STOCKS

DALAT : Téléphone No 45

SAIGON : Garage : 140 – 142, Rue Chasseloup - Laubat — T. 411

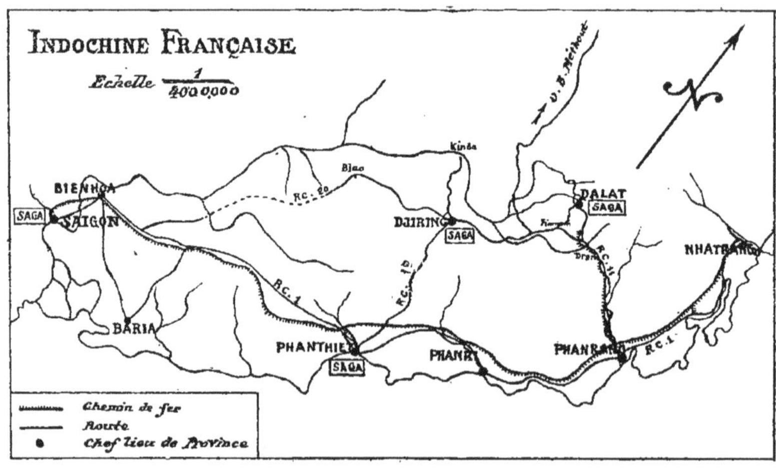

SHELL
SHELL
HUILE POUR MOTEURS
Chaque goutte compte
SHELL
SHELL

PETIT GUIDE ILLUSTRÉ

DE

DALAT

INDOCHINE FRANÇAISE

1930

Perspective sur Dalat.

SOMMAIRE

■

Vue panoramique de Dalat.

Le lac de Dalat.

Le chemin de fer à crémaillère.

RÉSUMÉ HISTORIQUE

En 1897, questionné par le Gouverneur général Paul DOUMER sur la possibilité de trouver dans la chaîne annamitique une région propre à l'établissement d'un sanatorium, le docteur YERSIN lui signalait aussitôt le plateau du Langbian.

Deux missions topographiques partaient sur le champ pour étudier, l'une le tracé d'une voie ferrée, l'autre, celui d'une route carossable (Missions THOUARS et GARNIER).

Pas une piste, pas une maison n'existait alors à la place de ce qui devait devenir Dalat. Le Gouverneur, venu dès 1899 visiter

Dalat, où furent édifiées aussitôt quelques chalets en bois.

Dès le départ de Paul DOUMER, les travaux furent arrêtés et la station d'altitude connut une longue période de sommeil jusqu'à l'arrivée en Indochine de M. Albert SARRAUT (1911)

Le Docteur YERSIN en 1897.

le plateau, n'hésita pas cependant. Il décida la création d'un sanatorium, mais ne choisit pas encore l'emplacement définitif.

En 1901, la Mission médicale GUYNET marquait sa préférence pour

Le Capitaine THOUARS en 1898.

qui saisit toute l'importance du Sanatorium et accorda aussitôt de larges crédits pour les constructions de routes et de bâtiments; un service de communications automobiles s'établit entre Krongpha et Dalat par Bellevue — la vallée du Danhim et Fimnon.

Le premier afflux d'Européens en villégiature eut lieu en 1915. La plupart bloqués en Indochine par la guerre, venaient chercher à Dalat un réconfort et un rétablissement après un long séjour forcé à la colonie.

A cette même époque, M. ROUME décida la construction d'un hôtel qui devint le Langbian-Palace. Dès lors Dalat ne fut plus discuté. M. LONG confia en 1922 à l'urbaniste HEBRARD dont la notoriété datait de la reconstruction de Salonique, la confection du plan général de Dalat, plan que suivirent sans rigueur, mais attentivement tous les Résidents maires de Dalat: MM. GARNIER, L'HELGOUALC'H, CHASSAING et DARLES.

Les renseignements qui suivent montreront les changements qui ont été apportés à Dalat depuis le jour où le Docteur YERSIN suivi de sa caravane moï, déambulait sur les mamelons désertiques de la future capitale de l'Indochine.

Ligne de Krongpha à Dalat.
Le chemin de fer à crémaillère.

L'arboretum.

RENSEIGNEMENTS GÉNÉRAUX

TEMPÉRATURE

Du fait de son altitude (1500 m.) et de la proximité de la mer (80 km.) Dalat jouit d'un climat tempéré.

Il y a trois périodes : 1°) Novembre à Mars : saison sèche avec d'assez grands écarts de température diurne et nocturne. Nocturne : 6° — Diurne : 22° (Le thermomètre est descendu, depuis 1900, 3 fois au-dessous de zéro) ; 2°) d'Avril à Juin : saison des orages (12° et 26°) ; 3°) de Juillet à Novembre : saison des pluies (8° et 18°)

Donc, les écarts de température ont une légère amplitude pendant la saison pluvieuse d'été de Juin à Septembre pour atteindre la plus grande amplitude de Janvier à Mars — Les convalescents ont intérêt à commencer leur cure vers Avril.

PRESSION ATMOSPHÉRIQUE

Elle est de 650 m/m en moyenne.

HYGROMÉTRIE

L'état hygrométrique est toujours très faible ; l'air sec favorise la circulation respiratoire et provoque le foisonnement et la régénération des globules sanguins.

RÉGIME DES VENTS ET DES PLUIES

Le plateau du Langbian est particulièrement aéré : les vents du Sud-Ouest dominent de Mai à Octobre et les vents Nord-Est de Novembre à Février.

Les typhons n'atteignent jamais la violence qu'ils ont parfois sur la côte ; certains chalets en bois, de vingt ans d'existence en témoignent.

Il y a environ 150 jours de pluies par an — Août, Septembre et Octobre en comptent 60 environ.

A tous les points de vue, Dalat présente les conditions de séjour les plus favorables et le climat le plus recommandé aux Européens d'Extrême-Orient.

Le bref tableau suivant montre en tous cas que Dalat supporte aisément la comparaison avec les stations sanitaires de l'Inde et des Philippines.

Le Palace et les Parcs.

STATIONS	ALTITUDE	TEMPÉRATURE			HAUTEUR PLUIE	JOURS DE PLUIE
		La plus haute observation	La plus basse observation	Moyenne	Moyenne annuelle	Moyenne annuelle
DALAT	1500	32°	2	18°	1692 m/m	150
DARJILING	2006	29°	3	12°	3055 m/m	150
SIMLA	2140	34°	6	12°	1780 m/m	99
BAGUIO	1650	28°	9	18°	2100 m/m	195

Une villa particulière

Langbian-Palace

Villa du Gouverneur de la Cochinchine.

Hôtel de Dalat.

HABITATION, HOTELS

Il y a quatre hôtels à Dalat — Le Langbian-Palace, Grand Hôtel de luxe avec tout le confort moderne (Jazz — cinéma, etc..) (30 chambres avec salle de bains).

Le grand Hôtel du Parc : 70 chambres.

L'Hôtel Desanti formé des petits pavillons isolés sur les bords du lac.

Et l'Hôtel d'Annam où se réunit l'élite de la Société indigène : 25 chambres.

On trouve facilement à louer des villas de tous genres de 80 à 200 piastres par mois.

ALIMENTATION

Une des grandes satisfactions de l'Européen à Dalat est la possibilité de se nourrir de lait et de légumes frais tout comme en Europe — Le lait est fourni soit par la Station Municipale de Dankia, soit par la ferme modèle du Camly qui produit également du beurre.

Les légumes et fruits frais abondent aux marchés de Dalat.

Enfin pour la joie des yeux, Dalat est le champ de fleurs de l'Indochine.

Les œillets et les roses donnent à l'Européen l'illusion qu'il est de nouveau au pays natal.

ENSEIGNEMENT

Dalat est le paradis des enfants — Après un séjour d'environ 3 semaines, les petits Européens impaludés, anémiés et lan-

Le Petit Lycée.

guissants retrouvent soudain appétit, gaieté, activité et leurs joues pâles deviennent écarlates. Sous l'heureuse impulsion des Gouverneurs Généraux VARENNE et PASQUIER, fut construit à Dalat un Lycée : déjà fonctionnent toutes les classes de la 10e à la 4e inclusivement et en 1934 le cycle complet sera organisé. Les enfants sont entourés d'une surveillance attentive et paternelle. On a concentré au Lycée de Dalat l'élite des professeurs et des surveillants de l'Indochine.

Enfin, les enfants fatigués sont l'objet de soins attentifs (un médecin européen, une infirmière diplômée).

Le travail des enfants est efficace et régulier et cet établissement connaît le succès le plus complet (Le Lycée est strictement réservé aux Européens).

Dortoir.

Le petit Lycée
Lavabos.

Le
réfectoire.

AUGMENTATION DU NOMBRE DES ENFANTS EUROPÉENS

AU LYCÉE DE DALAT

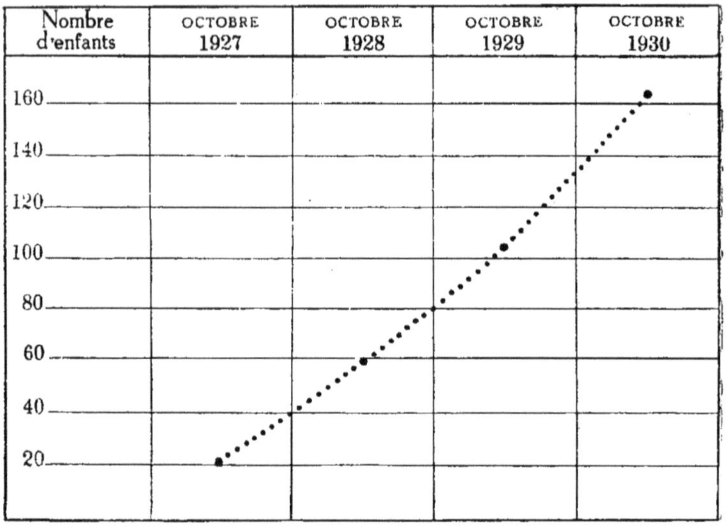

Nombre d'enfants	OCTOBRE 1927	OCTOBRE 1928	OCTOBRE 1929	OCTOBRE 1930
160				
140				
120				
100				
80				
60				
40				
20				

Pour les tout-petits il y a à Dalat une Ecole enfantine « La Sainte Enfance » dirigée par les Sœurs de Saint-Paul de Chartres (catholique) 30 élèves.

HOPITAL

Il y a à Dalat, un médecin français, un hôpital de 14 chambres et une maternité.

CULTES

Le culte catholique est assuré à l'Eglise de Dalat (prêtre européen).

Il y a également un oratoire évangélique (pasteur américain).

Les chutes de Pongour.

MOYENS D'ACCÈS

Relations maritimes avec l'Extrême-Orient

DALAT, la perle des stations d'Extrême-Orient, est à 1500 mètres d'altitude au milieu des pins.

A vol d'oiseau, elle est à 250 kilomètres de Saigon. En attendant que soient réalisés les projets qui feront de Cam-ranh ou de Nha-trang le grand port d'escale de la mer de Chine, c'est donc à Saigon qu'il faut débarquer pour atteindre le plus rapidement Dalat.

Du nord, les paquebots pour parvenir à Saigon mettent :

20 jours de San Francisco ou Vancouver ; 8 jours de Shanghai ; 15 jours de Yokohama ; 4 jours de Hongkong ; 3 jours de Hanoi ;

4 jours de Manille ; 4 jours de Batavia ; 2 jours de Singapour ; 8 jours de Colombo ; 1 jour 1/2 de Bangkok ;

Itinéraires du Sud — Saigon — Dalat

Le voyageur peut emprunter la voie ferrée (prendre de préférence le train de nuit) (Voir les tarifs « in fine »). Quittant dans la soirée la tièdeur de Saigon, il sent, vers le matin, la fraîcheur des plateaux, tandis que la locomotive à crémaillère serpente à travers les nuages que le vent matinal n'a pas encore chassés et il respire déjà l'air plus léger qui lui apporte l'odeur résinée des altitudes.

— Deux routes automobiles : *a*) Saigon — Dalat par Blao (290 kilomètres). (ouverture en 1932).

Le voyageur pressé quittant Saigon se dirigera vers Biênhoà puis, un peu après avoir dépassé les plantations d'Anlôc, obliquera à gauche, après la traversée de la Lagna escaladera le col de Blao et arrivera à la cascade de Bobla (32 m. de hauteur) puis à Djiring (212 km.) centre de chasse (Bungalow).

De Djiring à Dalat : 78 kilomètres.

De Djiring, la route franchit le Danhim (242 km.) laissant à gauche les chutes de Pongour dont nous reparlerons tout à l'heure qui sont parmi les plus belles de l'Indochine, puis celles de Gougah et de Liên-Khanh.

La route devient rectiligne après Fimnom et Klong et les pins font leur apparition couvrant bientôt toutes les pentes.

L'automobiliste n'a plus alors à parcourir que quelques kilomètres d'une montée très rapide, enfin il entrevoit les premiers toits et découvrant l'immense plateau du Langbian, il roule sur les voies asphaltées de la grande ville.

b) Saigon — Dalat par Phanthiêt (390 km.)

Chutes de Pongour.

Chutes de Pongour (Accès).

Groupe de femmes et d'enfants Moï.

Une halte de porteurs Moï.

Une deuxième route plus longue permet au touriste amateur des larges panoramas, d'atteindre Dalat par Phanthiêt.

En quittant Saigon, au lieu d'obliquer à gauche le voyageur se dirige en droite ligne vers Phanthiêt ; de longs alignements lui permettront de bonnes allures ; après être sorti de la lourde forêt tropicale, il entre dans la forêt de lataniers où gambadent les singes et arrive en 4 heures environ à Phanthiêt, (180 km. Bungalow). L'auto démarre ensuite au milieu des rizières ; elle quitte bientôt les pays civilisés pour escalader le col de Yaback (800 m. d'altitude), le col de Haloum (1030 m.), le massif du Braïan (1000 m.).

Du col de Datroum (1200 m.), il descend rapidement à 1000 mètres pour arriver à Djiring (302 km. de Saigon) De Dijring, il gagne Dalat par la route décrite précédemment (390 km).

Cette route depuis l'instant où elle quitte la plaine ne cesse de côtoyer des paysages d'une grande beauté ; beauté un peu farouche : lignes rudes, heurtées, forêts sombres qui rendent plus saisissants à l'arrivée le charme pénétrant, les courbes molles, toute l'émouvante douceur des plateaux de Dalat.

Itinéraires du Nord

Du Nord, la route coloniale N° 1 (service rapide d'auto-car S.T.A.C.A.) conduit le voyageur à Nha-trang, où pour gagner Dalat, il a le choix entre la voie ferrée Nhatrang-Tourcham-Dalat et la route automobilable par Phan-rang (100 km.) et Krongpha (100).

A partir de Krongpha, la route s'agrippe au flanc de la montagne et sur une longueur de 20 kilomètres, s'élève à 800 m. grâce à de brusques virages qui tantôt laissent les voyageurs face aux rochers, tantôt leur découvrent de vastes paysages s'étendant à l'infini, barrés par la ligne blanche de la mer.

Le paysage découvert de Bellevue s'élargit encore et une immense tapis vert s'étend au pied de la falaise.

Bellevue, dont la température est exquise, est une halte recommandée aux cardiaques qu'un trop brusque changement d'altitude peut éprouver. L'Hôtel Beau Séjour dans un décor agreste offre au voyageur un confort rustique.

Six kilomètres plus loin, le poste de Dran (P.T.) apparaît, il domine la vaste plaine du Danhim dont les bords formés de terrains alluvionnaires sont d'une exceptionnelle fertilité. (Dran — Bungalow — essence huile) — Immédiatement après la sortie de Dran, bifurquer à droite en laissant à gauche la route de Fimnom (20 km.) et, prendre la route dite de » l'Arbre-Broyé » ; après une montée de 9 kilomètres, la route suit jusqu'à Dalat, par Arbre-Broyé, Entrerays (Grande plantation de thé des Cultures tropicales) le Bosquet, la Boule, la ligne des crêtes et découvre de part et d'autre de la route les paysages les plus grandioses (Phanrang-Dalat 122 km.)

Lac de Dalât Cygnes.

La chute du Camly

DISTRACTIONS

A) — Promenades aux environs immédiats de Dalat

L*a chute du Camly* à 3 km. 500 du Palace par une route automobile; très jolie cascade, sentiers et kiosques pour pique-nique.

Le chemin circulaire N° 1 (promenade à pied) 3 km. aller et retour.

Les chemins circulaires Nos 2 et 3 (7 et 11 km); ces promenades peuvent être faites à pied ou à cheval; de pittoresques sentiers traversent l'arboretum, forêt délicieuse dont les sous-bois rappellent ceux de la forêt de Fontainebleau — (bancs et kiosques pour promeneurs — Robinson).

La ferme modèle du Camly se trouve à 500 m. de la chute après le pont; elle fut fondée en 1920 par M. O'NEILL qui mourut à la tâche en 1928; sa tombe se trouve dans une presqu'île au bord d'un lac aux eaux tranquilles.

Le tour de chasse constitue une agréable promenade de 4, 5 kilomètres en automobile dans un vaste parc forestier où l'on rencontre de nombreux troupeaux de cerfs à demi apprivoisés et auxquels l'automobile est tout à fait familière.

L'ascension des Pics — demande une journée entière. Aller d'abord en automobile jusqu'au km. 10.500 sur la route de Dalat à Dankia. De là, on peut aller à cheval (chevaux amenés la veille ou de très bonne heure) ou à pied jusqu'au 2e kiosque (2 heures à pied comme à cheval).

Enfin, il faut faire la dernière partie de l'ascension à pied — suivant la ligne des crêtes en montagne russe, on escalade 4 pics d'où l'on voit des panoramas immenses, on atteint enfin le 5e et dernier pic, 2.200 mètres d'altitude (2 heures 30) (rhododendrons et orchidées).

Cette excursion doit être faite de préférence durant la saison sèche, de Novembre à Mars; à une autre époque, les pics sont ordinairement dans les nuages.

B) — EXCURSIONS EN AUTOMOBILE

Dankia à 14 kilomètres de Dalat-Station d'élevage de bovidés et d'ovidés — c'est cette station qui ravitaille en lait la ville de Dalat; on y trouve les plus beaux spécimens des races européennes et asiatiques.

La chute d'Ankroët.

La chute du Lien-khanh.

La chute d'Ankroët se trouve à 5 km. en aval de Dankia — route automobilable en saison sèche — elle est formée par le Donnaï ; c'est une chute impressionnante de 18 mètres de hauteur. On trouve dans les bois, autour de la chute, de très belles orchidées.

Sur la route de Djiring, se trouve à 12 km. de Dalat la *cascade de Prenn,* immédiatement au bord de la route. Cette excursion peut également être faite à pied par la route en construction.

Sur la même route, se trouve la chute de *Lien-khàn* à 35 km. de Dalat et celle plus belle encore de *Gougah* à 41 km. (1 heure 1/2 de Dalat).

En continuant vers Djiring on trouve à 46 kilomètres de Dalat, une bifurcation conduisant aux *chutes de Pongour* (52 km. 2 heures de Dalat), c'est la cascade la plus grandiose de toute la région ; un sentier conduit au pied de la falaise qui a environ trente mètres de hauteur.

En saison des pluies, avec un fracas retentissant dont les échos se répercutent à plus de 3 kilomètres, des masses considérables d'eau limoneuse s'écrasent sur les rochers et s'étalent ensuite en un vaste lac paisible.

A l'Ouest de la chute de Pongour se trouve la *chute du Poy* difficilement accessible.

Femmes Moï.

Les *chutes de Cayon*, encore plus sauvages que les précédentes sont hautes de 45 mètres; en traversant la rivière guéable au-dessus des chutes, on peut embrasser d'un coup d'œil l'ensemble de ce site; ces chutes se trouvent à 15 kilomètres de la route de Saigon qu'il faut quitter au kilomètre 58.

La chute de Bobla est formée par les eaux de la Da - Ream. On peut s'y rendre en automobile par la route de Dalat-Djiring-

Blao, en s'arrêtant à 7 kilomètres de Djiring; des sentiers d'accès conduisent au pied de la chute (45 mètres de haut eur).

Dalat — Fimnom — Dran — Dalat.

Cette excursion entièrement faite en automobile dure environ deux heures trois quarts — c'est d'abord la descente sur Fimnom, où l'on bifurque à gauche après la concession de M. Caussin et l'on s'engage le long de la fertile vallée du Danhim — on laisse à droite la plantation de café en pleine prospérité des "Cultures Tropicales", et à partir de Dran, c'est l'ascension jusqu'à l'Arbre Broyé; cette route permet au voyageur d'admirer les pentes impressionnantes du chemin de fer à crémaillère.

La durée du trajet de Dalat-Bellevue par l'Arbre-Broyé (42 kilomètres) est d'une heure — S'arrêter sur la route à un kilomètre au delà de l'hôtel *Beau-séjour*, où la vue est particulièrement belle.

Excursion vers Banméthuot

Cette promenade doit être faite en automobile et à cheval et exige un matériel de camping. Descendre de Dalat vers Djiring — bifurquer à gauche au kilomètre 33 (chute de Liênkhàng) — prendre alors la route de Banméthuôt qui est automobilable pendant 26 kilomètres jusqu'au village de Fyan (au dela, chevaux et porteurs).

Après 60 kilomètres de marche, on arrive au lac Taklak qui est une pure merveille bleue enchassée dans un cirque de montagnes; (tout le long du parcours, terrains de grande et petite chasse).

Les cerfs apprivoises du " Tour de chasse " . . .

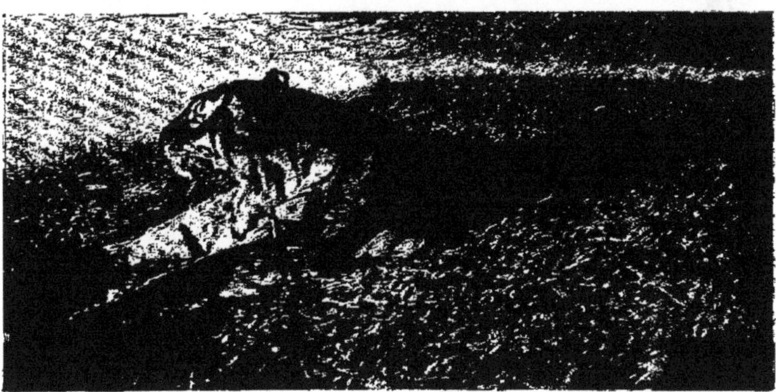

. . . et leur persécuteur.

SPORTS

CHASSE

Autour de Dalat s'étendent les plus beaux terrains de chasse d'Asie pour le gros comme pour le petit gibier.

Petit gibier — On trouve, sur les mamelons et sous les pinèdes, le francolin ; dans les bas fonds, au bord des suôi, abondent, de Septembre à Février, les bécassines — de petites cailles nichent un peu partout et les canards et sarcelles font de temps à autre des apparitions — En descendant à 1000 mètres dans toute la vallée du Danhim, entre Fimnom et Dran, on rencontre des poules sauvages et des paons.

Gros gibier — La chasse au gros gibier exige un petit matériel de campement au cas où l'éléphant ou le « con minh » (bœuf sauvage) se laisseraient poursuivre dans la brousse ; on trouve sans peine porteurs moïs et chevaux.

On rencontre au Langbian le tigre que l'on chasse à la surprise ou que l'on guette à l'affût, quand il vient dévorer une proie — l'éléphant et le bœuf sauvage, de nombreuses espèces de cervidés : le « con mang » (chevreuil roux) le cerf d'Eld à robe fauve (femelle) ou grise (mâle) avec de magnifiques bois, le con-nai ou cerf cheval, le cerf des marais ou con huou et même l'ours brun et le sanglier ; enfin une des plus belles chasses est celle du gaur ; elle exige une endurance particulière, étant donné l'extraordinaire résistance de cet animal mais aussi le chasseur est récompensé en voyant s'abattre un animal aussi puissant : ses dépouilles constituent un magnifique trophée et c'est le plus beau coup de fusil qui puisse se tirer en Indochine.

(Lire à ce sujet le remarquable ouvrage de M. Millet " Les grands fauves de l'Annam ").

N. B. — Pour la chasse au tigre, s'adresser à M. Faraut à Dalat.

Football.

Sur le lac de Dalat

TENNIS

4 courts de tennis au bord du Lac des Cygnes; de nombreuses compétitions sont organisées durant la saison sèche, de Décembre à Mai, et durant la petite saison sèche du 15 Juillet au 15 Août.

GOLF

Le golf en construction comprendra 18 trous (parcours remarquable). Ouverture en Février 1931

NATATION

Les fervents du plongeon et de la natation pourront prendre leurs ébats « *à la Grenouillère* » durant la saison de Mars à Août; la température de l'eau oscille de 20 à 23° ; les bains de soleil progressifs à la sortie du bain sont excellents pour la santé et le teint.

AVIRON

Des yoles à 2 rameurs permettent de filer à grande allure sur le lac (longueur du lac : 2 kilomètres, largeur 300 m.).

FOOTBALL

De Septembre à Décembre de nombreux matchs mettent aux prises d'excellentes équipes européennes et annamites.

Les plaisirs de la natation à Dalat.

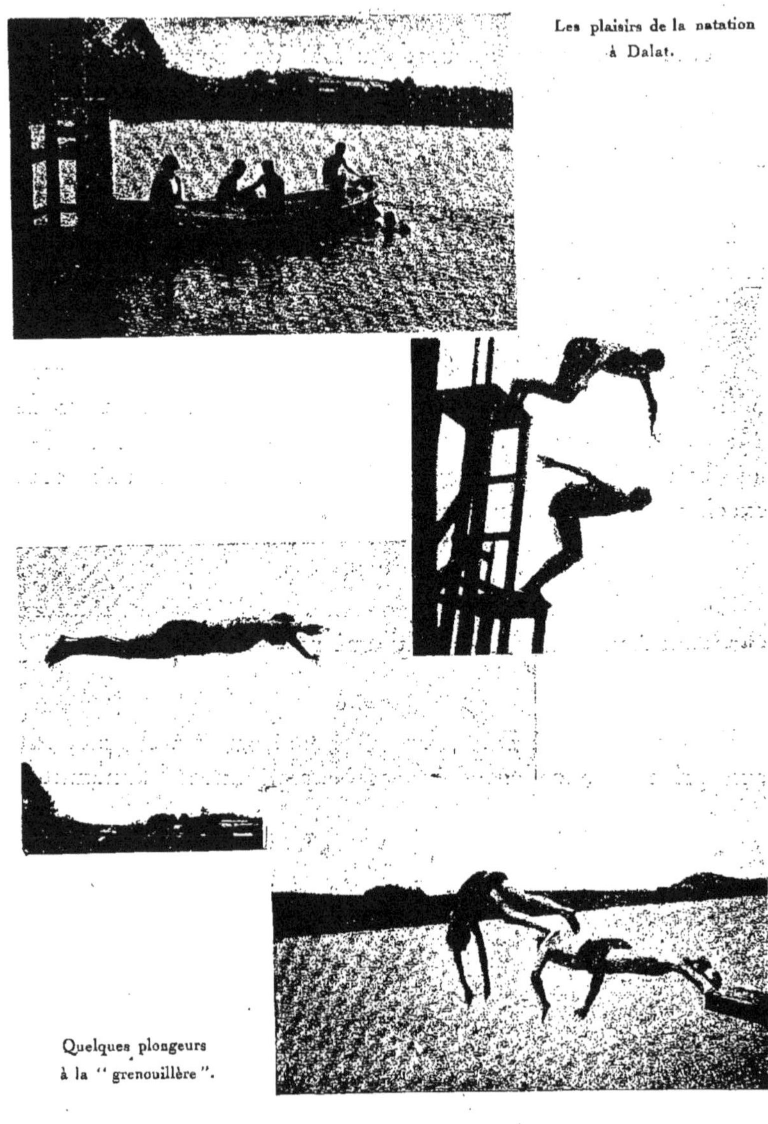

Quelques plongeurs à la " grenouillère ".

TARIFS DES MESSAGERIES MARITIMES

D	A	1ère CLASSE		2e CLASSE		3e CLASSE		4e CLASSE	
		A	B	A	B	A	B	A	B
		f	f	f	f	f	f	f	f
SINGAPORE	SAIGON	1750.00	1375 00	1125.00	875.00	625 00	500.00	250 00	250.00
COLOMBO	SAIGON	4500.00	3750 00	2875.00	2500 00	2125 00	1750 00	750.00	750.00
HONGKONG	SAIGON	2000.00	1500 00	1350 00	1000.00	750.00	625 00	440.00	440.00
SHANGHAI	SAIGON	2750.00	2000.00	1750.00	1250.00	1000 00	815 00	625.00	625.00

HORAIRES DES TRAINS DE DALAT A SAIGON ET VICE VERSA

SAIGON — DALAT

Correspondance bi-hebdomadaire de nuit :

Saigon	D	Vendredi et Mardi à 19 h 00	Trains F. 25/83	
Arbre-Broyé	A	Samedi et Mercredi à 6 43		
	D	— vers 6 53	Auto	
Dalat	A	— vers 7 53		

Correspondance quotidienne de jour :

Saigon-Dalat				Dalat-Nhatrang			
Saigon	D	6 h. 00	Trains 21/87	Nhatrang	D	6 h 26	Trains 24/85
Arbre-Broyé	A	19 27		Arbre-Broyé	A	13 13	
	D	20 00	Auto		D	13 50	Auto
Dalat	A	21 00		Dalat	A	14 50	

DALAT SAIGON

Correspondance bi-hebdomadaire de nuit :

Dalat	D	Dimanche et Jeudi à 19 h. 00	Auto
Arbre-Broyé	A	— vers 20 00	
	D	— à 20 28	Trains 84/ F. 86
Saigon	A	Lundi et Vendredi à 8 02	F. 20

Correspondance quotidienne de jour :

Dalat-Saigon				Dalat-Nhatrang			
Dalat	D	4 h. 00	Auto	Dalat	D	10 h. 30	Auto
Arbre-Broyé	A	5 00		Arbre Broyé	A	11 30	
	D	5 83	Trains 80/24		D	11 53	Trains 82/21
Saigon	A	18 42		Nhatrang	A	18 22	

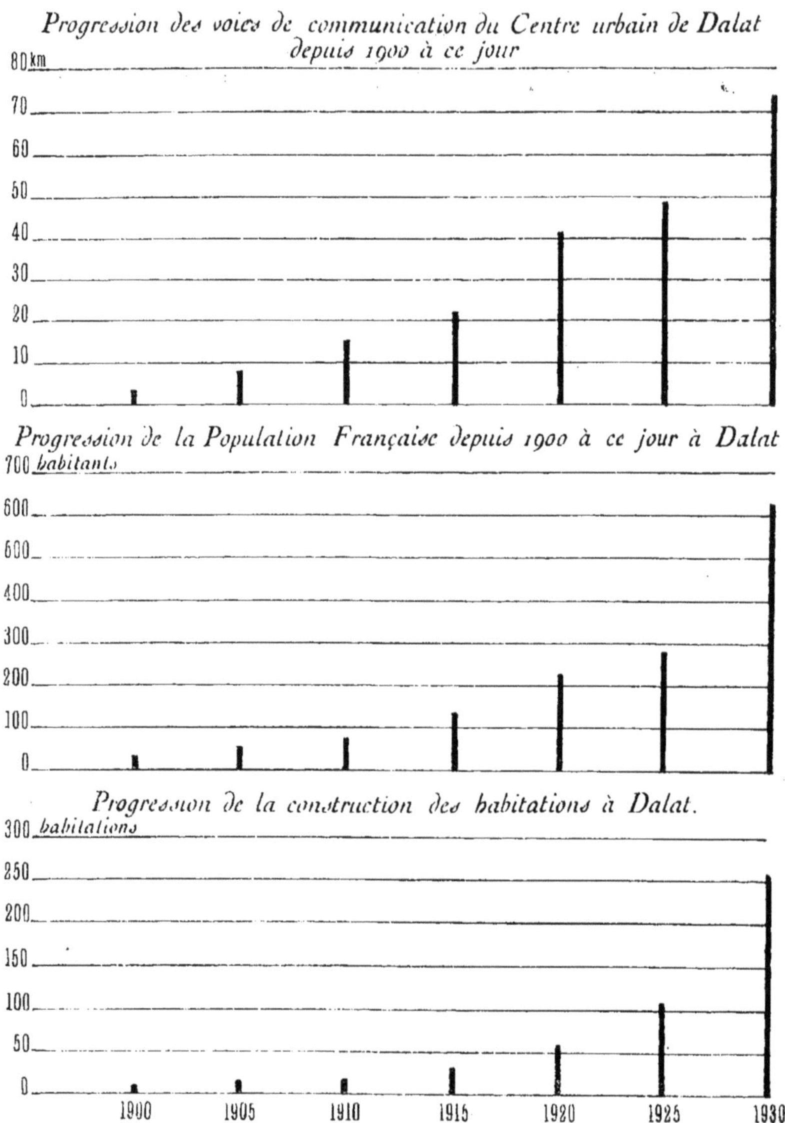
Progression des voies de communication du Centre urbain de Dalat depuis 1900 à ce jour
80 km
70
60
50
40
30
20
10
0
Progression de la Population Française depuis 1900 à ce jour à Dalat
700 habitants
600
600
400
300
200
100
0
Progression de la construction des habitations à Dalat.
300 habitations
250
200
150
100
50
0
1900
1905
1910
1915
1920
1925
1930

IMPRIMERIE
D'EXTRÊME-ORIENT
HANOI

L'Arboretum.

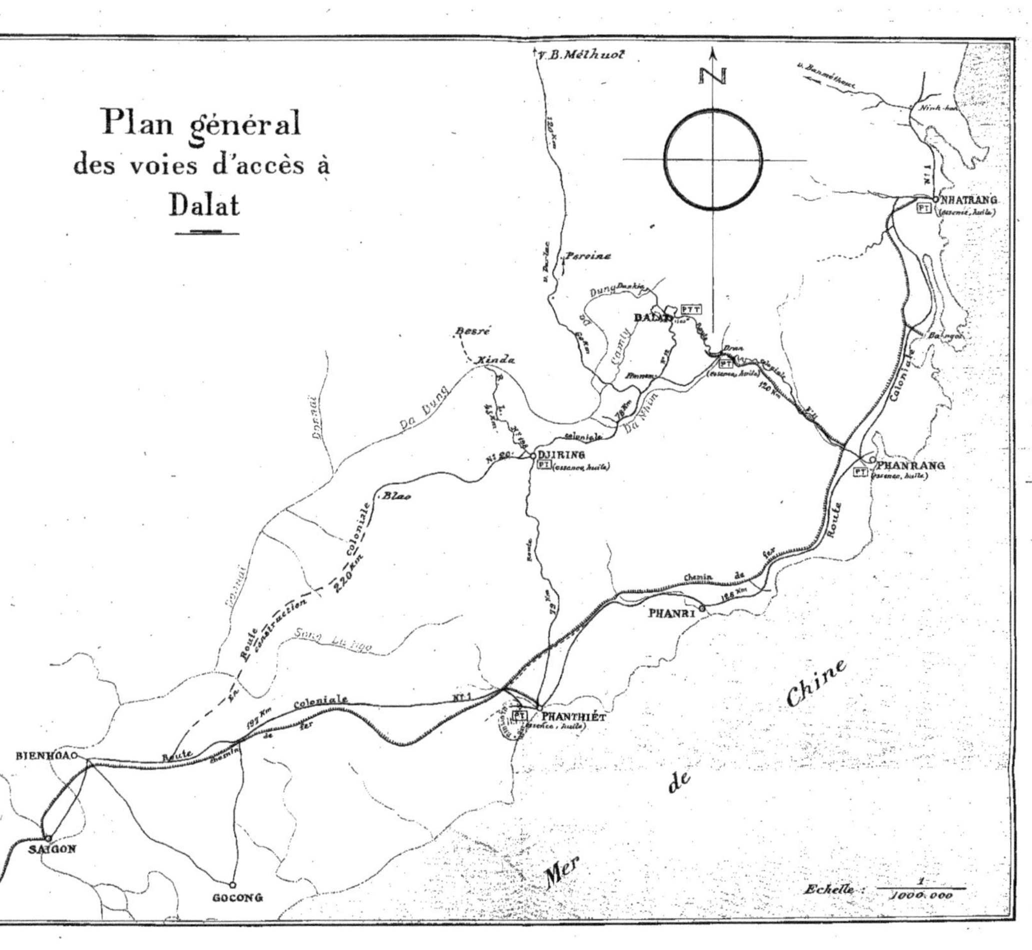
Plan général
des voies d'accès à
Dalat
N
V. B. Méthuot
DALAT
NHATRANG
PHANRANG
DJIRING
PHANRI
PHANTHIÊT
BIENHOA
SAIGON
GOCONG
Blao
Xinda
Da Dung
Donnai
Song La Nga
Route Coloniale
Chemin de fer
Route en construction
220 Km
Colonial
Mer de Chine
Echelle : 1/1000.000

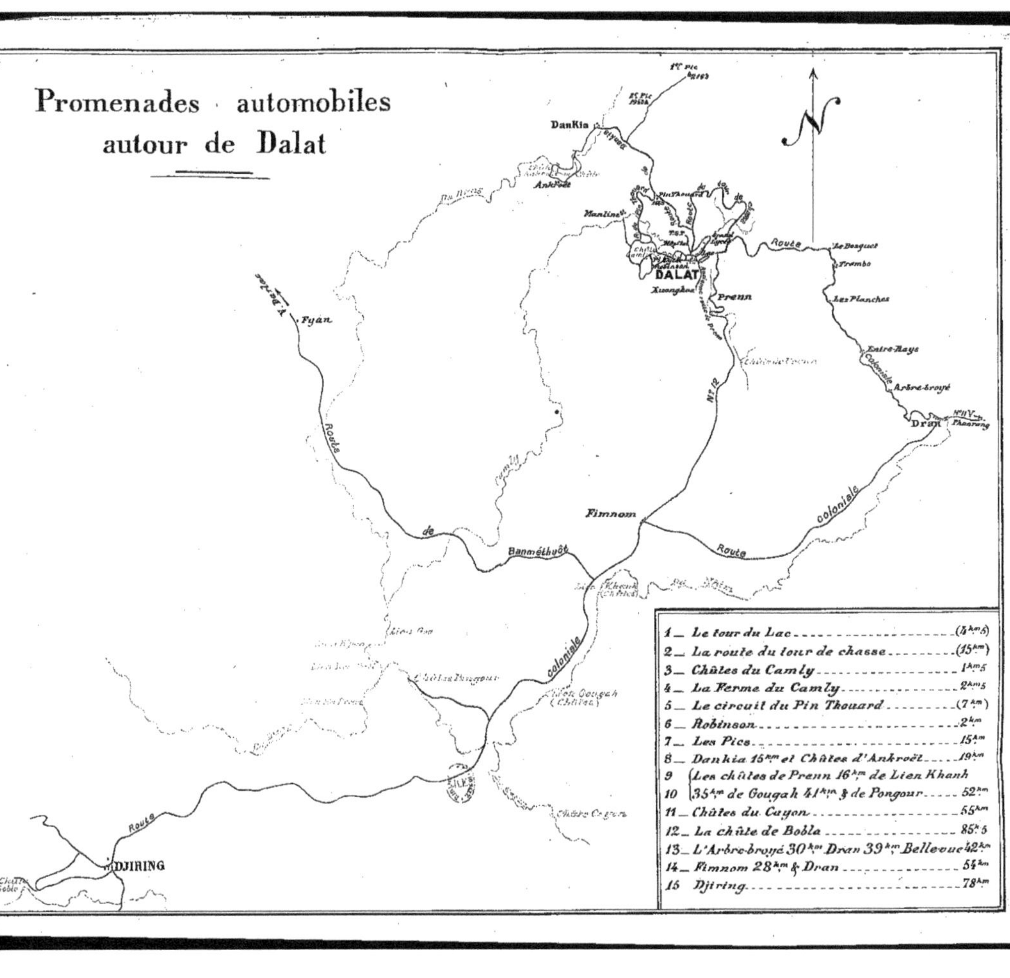
Promenades automobiles
autour de Dalat
N
DALAT
DanKia
AnKroët
Manline
Pin Thouard
Prenn
Le Bosquet
Trambo
Les Planches
Entre-Raye
Arbre-broyé
Dran
Fyan
Route de Banméthuôt
Route coloniale
N° 12
Fimnom
DJIRING
1 _ Le tour du Lac ..... (4 km 5)
2 _ La route du tour de chasse ..... (15 km)
3 _ Chûtes du Camly ..... 1 km 5
4 _ La Ferme du Camly ..... 2 km 5
5 _ Le circuit du Pin Thouard ..... (7 km)
6 _ Robinson ..... 2 km
7 _ Les Pics ..... 15 km
8 _ Dankia 15 km et Chûtes d'Ankroët ..... 19 km
9 Les chûtes de Prenn 16 km de Lien Khanh
10 35 km de Gougah 41 km & de Pongour ..... 52 km
11 _ Chûtes du Cayon ..... 55 km
12 _ La chûte de Bobla ..... 85 k 5
13 _ L'Arbre-broyé 30 km Dran 39 km Bellevue 42 km
14 _ Fimnom 28 km & Dran ..... 54 km
15 Djiring ..... 78 km

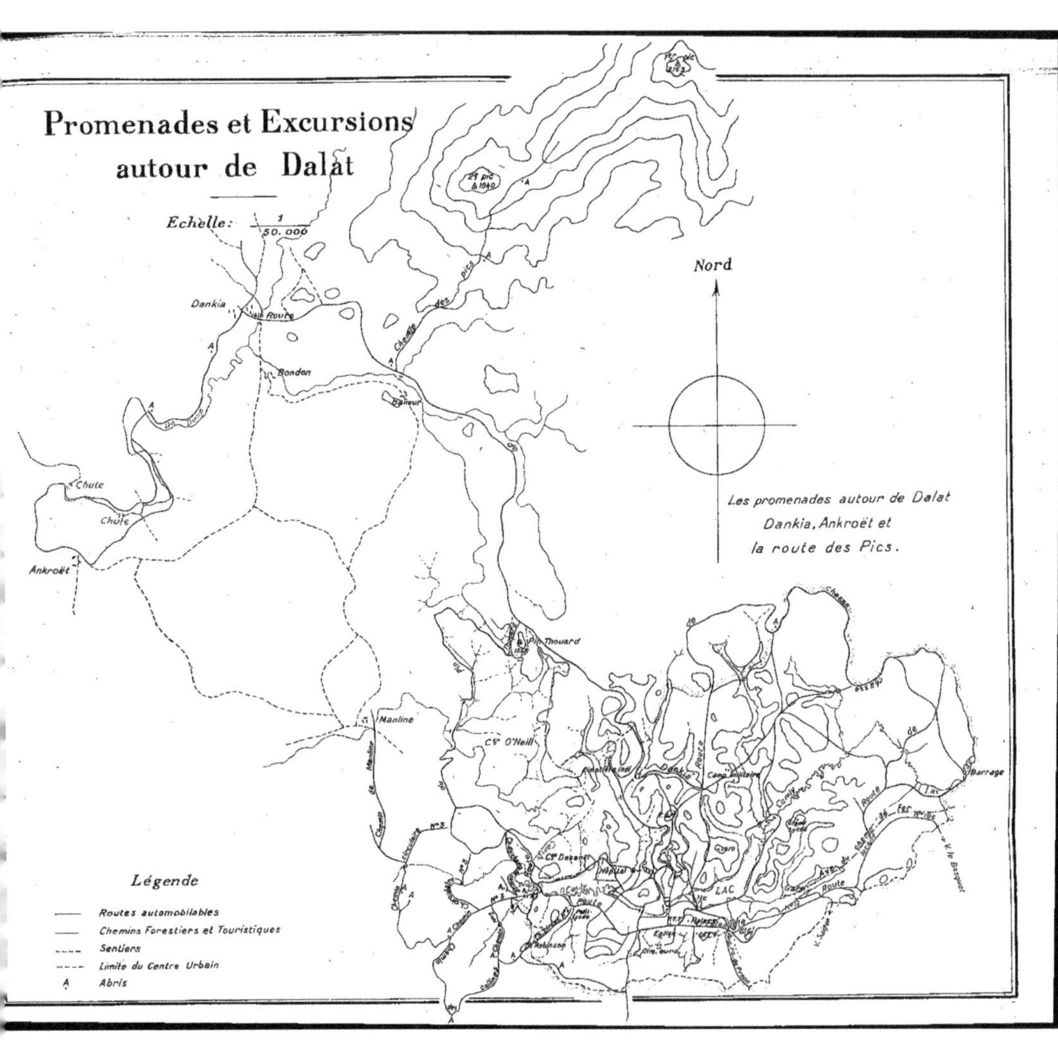
Promenades et Excursions
autour de Dalat
Echelle: 1/50.000
Nord
Les promenades autour de Dalat
Dankia, Ankroët et
la route des Pics.
Dankia
Bondon
Chute
Chute
Ankroët
Manline
Pic Thouard
Cie O'Neill
LAC
Barrage
Légende
Routes automobilables
Chemins Forestiers et Touristiques
Sentiers
Limite du Centre Urbain
Abris

www.ingramcontent.com/pod-product-compliance
Ingram Content Group UK Ltd.
Pitfield, Milton Keynes, MK11 3LW, UK
UKHW021646260726
13994UKWH00003B/1305